까띠뿌난에서 만난 예수

까띠뿌난에서 만난 예수

김윤환 시집

詩와에세이

2010

차례__

제1부

제4부

제1부

발자국

　지나온 발자국을 돌아보았다 발바닥의 지문보다 구두
의 뒷굽이 더 선명했다 이승의 벌판을 두루 헤매다 불현
듯 부딪힌 돌부리에 부딪혀 마침내 신을 벗는다 감싸던
또 하나의 껍질이 벗겨질 때 비로소 피맺힌 맨발을 본다
잃어버린 발가락의 지문을 찾게 되었다 촘촘히 문양을
그린 발 지문에서 내 안의 우주를 본다 광야에 새로 새길
발바닥을 본다 상처 난 돌부리가 생의 반환점이 되었다
우주의 중심이 되었다 상처는 아름답고 발자국은 더욱
선명해졌다

마늘밭에서

마늘밭은 온통 매운 것 투성이
제법 매끈하게 하늘로 입 벌린 마늘 꽃
단내 아래 사월의 햇살 머금은
육쪽의 눈물 알갱이
꽃만 하늘로 향한다고,
잎새만 세상을 바라본다고
원망하지 마,
온몸에 어둠을 감쌌다고,
우울해 하지 마,
그 슬픔을 애써 피하지도 마

절절한 눈물이 익어갈 때
매운 것들로 빈틈없이 여물어 갈 때
벗을수록 새하얀 속살
젖은 땅 헤집을 때
비로소 세상을 열어 보는 거야

깨어 있다는 것

양계장에 밤새 켜 있는 백열등을 보고 주인에게 물었다
닭이 잠들면 알을 낳을 수 없다고 깨어 있어야만 알을 낳
는다고 대답했다 깨어야 알을 낳는다는 것, 깨어 있어야
생명을 낳는다는 것, 참 가혹하면서 경이롭다 가혹한 새
벽 무렵 한 알의 생명이 난 것처럼 우리도 그렇게 이 세
상에 왔을지 몰라

살아 있음이란,
무정란의 깊은 잠
그 경계선에서
불면의 가혹함을 견뎌내는 것,
기어이 결가부좌를 틀고
알을 품는 것 아닌가

서울역 방향제

서울역 화장실 센서 방향제를 보면 사람보다 공평하다
말쑥한 신사가 들어가도 칙—가출한 비지땀 학생이 들어
와도 어김없이 칙—노숙자 남루한 차림에도 기꺼이 칙—
변비의 영업사원 구린내에 시달려도 칙—자기의 향기를
외모나, 직업이나, 나이나, 성별이나, 돈이 있으나 없으
나, 화장실에 오래 머물렀거나 금방 나가거나, 차별함이
없이 자기 가진 것 다 바닥날 때까지 묵묵히 제 향기를
줄 뿐이다 줘놓고 대가를 기다리지 않는다 서울역 화장
실 방향제, 나보다 공평하다 나보다 성실하다

모자

미국 엘피지에이에서 우승한 여성골퍼 신지애가 쓴 흰
모자에 '하이마트' 상표 선명하다 그녀는 우승 인터뷰 내
내 한 번도 그 모자를 벗지 않았다 누구에게나 스폰서는
있다 자신에게 씌워진 모자가 있다 하이마트 모자를 쓴
신지애처럼, 죽음 앞에서도 가시면류관을 벗지 않았던 예
수처럼, 누구에게나 벗지 말아야 할 모자가 있다

햇살 몹시 따가운 날
아련한 기억으로
모자를 찾는다

사즉생(死卽生)

아버지가 돌아가시고 아버지를 이야기했다 박정희가
죽고 박정희를 말하고 김대중이 죽고 김대중을 말한다
사람은 죽어서야 제 말을 듣는다 사람은 죽어서야 제 점
수를 받는다 예수의 사람 바울도 자아가 살아 있을 때
"오호라, 나는 곤고한 사람이라" 그렇게 부르짖었다 내가
살아있는 만큼 나의 대한 모든 말들은 번민이 된다

　　내 안에 꿈틀거리는 이단(異端)
　　나를 살린다고 자꾸 딴 말을 시킨다
　　내가 죽어야 내 말을 할 텐데
　　내 속의 나는 죽지 않고
　　그저 살려 달라고 소리만 친다

보석이 된다는 것

패류학자 이모 박사는 진주의 결정체는 조개 진액이 굳
어져 보석이 되었다고 한다 심해 바닥에서 조개가 숨 쉴
때, 때때로 모래알이 함께 조개의 몸속에 박히는 경우가
있다 연약한 살 속에 거칠고 딱딱한 모래알이 박히면 그
조개는 살을 가르는 통증을 없애려고 자기 몸의 진액 짜
내어 끊임없이 모래알을 에워싸고 또 에워싸고 인고의
세월을 보내며 진주를 키운다 그러나 조개의 몸속에 들
어온 모든 모래가 진주를 탄생시키는 것은 아니다 그 중
에는 침투된 모래알로 모진 고통을 이기지 못해 그냥 죽
어버리는 조개도 많다고 한다

결국 진주의 핵은 모래가 아니라
고통을 이겨낸 침묵의 진액
죽음을 몰아낸 결정체다

천수(賤壽)

　여덟 살배기 둘째 놈이 학교 앞에서 500원짜리 병아리를 사들고 왔다 엄마랑 형이랑 모두 금방 죽을 걸 왜 사 왔니 야단쳤지만 그놈은 이내 자기가 살려서 닭으로 만들 거라며, 또 알을 낳게 할 거라고, 그래서 박스에 신문을 깔고 병아리를 넣어 두었다 그리고 기도를 했다 이튿날 병아리는 죽지 않았다 그날 오후 아들이 돌아와 병아리를 보자 병아리는 힘차게 울어 주었다 다시 하룻밤이 지나 삼일 째 되었다 조간신문에 여섯 살 여자아이가 부모의 학대와 방치로 죽었다는 기사가 실렸다 만 사흘이 지나 병아리는 죽었다 아들은 울었다 난 바보야 게임만 좋아했지 병아리 하나 보살피지 못했어 엉엉 울었다 지 형은 말했다 거 봐 곧 죽는댔잖아 살만큼 살았네 살만큼

　여섯 살 소녀,
　라면박스 안에 동그랗게 누워 있었다

그리운 비수

밖에서 "칼 갈아요" 외치는 소리,
참 오랜만이다
요즘 칼들 '스텐'이라
몇 달을 쓰고도 그대로인데
그래도 칼 가는 사람 있구나

나이테만큼
겹겹이 두른 고집
출렁이는 뱃살

아이쿠!
여보시오 칼장수

달과 그물

흰한 달,
마음이 끌린다

다가설수록 선명한 끈
온몸을 에워싸는
생활의 기망(祈望)

둥근달 볼 때마다
환하게 펼쳐지는 그물
기망(起網)의 경련이
달빛에 숨어 있다

오늘 밤
내 속으로 들어온
저 달이 무척 위험하다

신도림역

역곡역에서 여기쯤 오면
서서히 끓는 소리가 들린다
환승구마다 넘치는 사람, 사람마다
그 눈에 김이 서리고
설익은 얼굴로 서로 인사한다
달달달 재봉틀 돌리듯 하루가 가고
을지로3가에서 2호선을 타고 다시 여기서
동인천행 1호선으로 환승한다

오늘도
팽형(烹刑)!*의 기적이 지나간다

* 조선시대 부정부패 범죄자를 저자거리 가마솥에 삶아 죽이는 형
벌. 그러나 실제로는 죽이지 않고 법적, 호적상으로만 사망선고를
내림으로써 살았으나 죽은 거와 마찬가지의 생을 살게 하는 형벌.

거울의 발견

아동문학 평론하는 선안나 선생
영아기의 아기들은
세계와 자신이 분리되어 있음을
눈치 채지 못한다고 했다

젖을 뗀 순간
와락 닥쳐온 이별
분리가 주는 충격만큼
만날 수 없는 경계선이 되어 버린 세계

거울을 발견하는
순간,
세상은 퍼즐이 되었다

새벽 낙타

등 뒤로 밀려난 유방
욕구가 몸 밖으로 솟는다
마음이 무거우니
발걸음도 무겁구나

새벽에 이래로 밀어 넣은 단봉
저녁이면 이내
쌍봉으로 솟아오른다

등 위에 얹힌 가슴
쓸어내리려
쓸어내리려

낙타는
오늘도 무릎을 꿇는다

복숭아를 먹다가

1979년 농고에 입학했을 때 교감선생 왈 농고생은 거름냄새가 구수해야 한다며 지각 할 때마다 변소에서 분뇨를 퍼다 과수원 거름마당으로 나르도록 시켰다 몇 번인가 분뇨를 퍼 나르는 동안 그것들의 빛깔들이며 냄새가 조금씩 다르다는 것을 알게 되었다 똥도 똥 나름의 빛이라니! 그렇게 1년이 지난 어느 봄날 모운 거름을 보니 한결같이 까맣게 익어가고 있었다 풀을 넣고 다시 분뇨를 퍼다 섞으니 어느 땐가 세큼하니 술 익는 냄새가 났다 그렇게 2년이 지나 고 3이 되던 봄에 그윽한 향기를 쫓아 과수원 마당에 이르렀더니 복사꽃 하얗게 벙글어 벌을 기다리는데 거름이 되기까지 아이들이 먹었던 음식과 누었던 분뇨들이 까맣게 익기까지의 우리들의 시간을 돌아보니 여름에 열린 백도가 무릇 신성해보였다

25년이 지나
내 안에 쌓인 거름 한 줌
어디에 뿌릴지 몰라

까맣게 썩어 갈 무렵
복숭아 한 점 베어 먹는데
코끝이 시려왔다

제2부

목련이 피는 자리

출근시간을 놓친 아내
다급한 눈에 고인 서러움

눈물로 젖었을
행주도
봄볕에 미르런만

잎도 없이
피어버린 봄

그녀가 떠난 자리
한 잎
편지가 쌓인다

솜사탕

늦둥이 첫 운동회 날 아버지는 솜사탕을 사주시곤 다시
올 때까지 교문 밖에 서 있거라 당부하시고는 자전거를
타고 교정을 빠져나갔다 손에 든 채로 아버지 기다렸다
점심이 지나도록 오시지 않았다 솜사탕을 입에 대자 꿈
은 순식간에 녹아내렸다 어둠이 오고 아무도 없는 집으
로 돌아왔다 부드러운 촉감이 입속에 남아 40년 지나도
록 침이 고인다

아버지는 왜 오시지 않았을까?
아버지는 왜 오시지 않았을까?

혀끝에 남은 기억
달고도 섭섭해라

아버지의 이름 앞에

중학생이 된 아들 녀석이
갑자기 아빠가 아니라 아버지!
하고 나를 불렀다

아버지의 이름으로
뭔가를 준비해야 할 순산
열아홉 살 내 불경(不敬)을
그대로 품고 돌아가신 아버지가
나를 돌이켜 세웠다

인연은 어디까지일까?
바람재 돌아 물길 돌아
오늘은 선산을 향해
큰절 한번 드리고 싶다

비수기

여름 탄다
이마 끝 모근이 따갑도록
여름을 탄다

정수리 위에
절벽 하나 모로 세우고
오늘도 여름 탄다

정낭으로부터
정수리까지 직각으로 선
칼날 위에
섭씨 34.5도의 내가
여름을 탄다

빙점보다 서늘한
여름을 탄다

열음 없는 여름을
얼음 없는 여름을

낙수(落穗)

바람이 소리질러
돌아보니
놓친 줄도 모르게
놓쳐버린 편지
저만치 흩날리네

내 몸
내가 밟고 선
그 자리
바람 움켜지고
가까스로 주워담는
노래 한 소절

단발머리

퇴근길 좌석버스에서 흘러나온
'그 언젠가 나를 위해 꽃다발을 건네주던 그 소녀'*
노래에 묻은 비누향
잉크처럼 번지는 기억,
시간은 역주행하고 잊혀진 멀미
다시 울렁이네
까까머리 열일곱 소년은
아직도 덜덜 떠네
버스는 낯익은 뚝방길
오늘도 달리고 있네

* 조용필의 노래 「단발머리」의 가사

허리띠

마지막 구멍
넓어지고 찢어져
새로 송곳을 찌를 만도 한데
고집스레 호흡을 들이킨다

몸통을 잃은 후에야
나이를 확인하는 고목처럼
잃어버린 자신만큼
허리에 둘러진 나이테
졸라맬수록
숨이 차다

가슴에 품었던
송곳,
햇살에 빛난다

부도 2

두려움이 두려움을 껴안고
깊은 수렁에 잠긴

시계
멈춘
그날

거기 누구 없소

프로펠러의 꿈

　한가한 오후 문득 방안에 누워 천정에 매달린 프로펠러를 본다 다섯 개의 프로펠러 서서히 나를 감아올렸다 천정에 닿아 구름을 타듯 누워있는 자신을 보았다 안개처럼 휘감긴 시간 고향 강변의 맨드라미 붉은빛이며 강아지풀 부드러운 촉감의 낯익은 기억도 스쳐갔다 프로펠러 돌아가는 소리만큼 아이들의 웃음소리도 원을 그리며 귓가를 스쳤다 천정 프로펠러에 매달린 나는 또 하나의 프로펠러가 되어 시계방향으로 돌아간다 생활의 멀미를 모터 핀에 꽂고 다가오는 시간, 잡히지 않는 꿈을 향해 나는 돌아가고 있었다 지붕을 열고 하늘로 하늘로 내 몸을 날리고 있었다

　한가한 오후
　꺾어진 날개 하나
　시계방향으로
　돌고 있었다

폭우

웃자란 욕망도
묵은 상념도
과감히 꺾어
흙탕물을 타고, 계곡을 타고
한사코 바다로 바다로
흘려 보내고 싶은
일탈의
꿈

현기증

한 오 년 돌려막기로 아이를 키우고 늦깎이 공부도 했
다 맹렬한 독촉전화와 뻔한 핑계, 기실 내 거짓이 들어날
때마다 이상하게도 부끄러움보다 고통의 쾌감으로 나는
들떴다 산다는 것이 중년의 허리에 지방이 붙듯 자기도
모르게 위선으로 띠를 두르고 그저 날마다 같은 거짓을
반복하는지 몰라 이제 내 거짓말에도 이자가 붙어 삶의
원금을 다 갚아 먹은 것은 아니었을까?

돌리고 돌려온 쳇바퀴,
그 현기증을 느낄 때마다

살아 있다고
살고 싶다고
내 몸은 소리쳤다

폐경기(閉經期)

서른이 꼭 차도록 취직을 못해 방구들만 비벼대는 아들
놈 뵈기 싫어 밀린 고지서를 들고 시장을 나왔다 햄스터
한 쌍 사들고 들어와 놈들에게 먹이를 준다 또박또박 잘
받아 먹는 놈들 금실좋게 쳇바퀴를 돌리는데 문득 그녀
의 나무젓가락 두 놈을 쿡쿡 쑤셔본다 쳇바퀴를 힘차게
돌릴수록 손가락에 힘을 주며 쿡쿡 쿡쿡… 쿡쿡……

베란다에 내놓은 사랑초
며칠째 하얗게 말라죽고 있었다

천직(遷職)

엉거주춤한 자신을 잡아당겨
서 있는 자리를 다시 보았다
바라보는 자리마다
단애(斷崖) 앞이라
가던 길 멈추고
그에게 길을 묻는다

이러지도 저러지도 못하는
불혹의 세월 앞에
잠자는 아내를 흔들어 깨워
여보, 나 이제 돈벌이 그만둘래
아내 왈, 그러세요, 그럼 내가 돈 벌지요
이래서 내 직업명은
이제 아내가 대답해주게 되었다

찰나에 결정된 천직(遷職)의 밤은
섣달 그믐밤처럼

차고도 깊었다

제3부

신바벨탑

　구한말로부터 120년 동안 이국에서 온 군인이 주둔하
는 이태원 옆, 동족의 피를 기념하는 전쟁기념관 옆, 노숙
자들의 점심식사와 재벌백화점이 만나는 용산역 옆, 군인
들의 처진 어깨에 걸친 꽃잎들 역전 홍등가 옆, 실패한 사
람들의 울부짖음이 머무는 한강대교 옆, 급류처럼 벅찬
기적의 상징 한강의 기적 그 옆 30년 식당 하던 70대 노
인 이모 씨, 이웃에 세 살던 양모 씨, 이모 씨, 여린 목숨
이 신나 화염에 타올랐던 2009년 1월 20일 밤 화산재가
되어, 비가 되어, 마침내 천둥이 되어, 남은 자의 가슴에
멍이 된 용산 제4구역

　그 가난한 자의 무덤 위에
뉴타운을 세운다
바벨탑을 세운다

자유로 유령

자유로 임진강 초입에 귀신이 나타난다는 풍문에 케이블TV 제작진이 퇴마사를 데리고 야간취재를 중계했다 1947년 경기도 파주군 문산면 마정리에서 태어난 여자 혼령의 그 외조부는 강변에서 고기를 잡고 외조모는 밭농사를 짓고 살았다 전쟁 통에 그녀의 엄마는 오라비들을 다 잃고 정신을 놓쳐 어디로 갔는지 알 수 없고 애비는 강을 건너다 죽었다 어린 여자아이는 인민군의 무등을 타고 다시 임진강을 건넜다 인민학교를 졸업하고 개성으로 나가 협동농장에서 말없이 농사를 지으며 살았다 개성에는 원래 남쪽 사람이 피난 갔다 다시 돌아와 그냥 북쪽사람이 된 이웃이 종종 있었다 그녀의 남편은 말 수가 적고 퍽 부지런한 사람이었다 그러나 경기도 이남 사투리 때문에 눈칫밥 많이 먹었다 전쟁이 끝나고 반백 년 뒤 2005년에 개성남북공단이 생겨서 딸년을 그곳 재봉공장에 보냈다 어느 날 딸년이 공단에서 사라졌고 그리고 그 어미도 보이지 않았다 몇 날이 지난 후 임진강 이남 파주 문산면 강어귀에서 할머니 시신 한 구가 둥둥 떴다

그녀의 주머니에는 개성공단 남한 모회사 박 아무개 부
장 핸드폰 번호와 딸의 이름이 물에 붙어 있었다 시신은
화장해서 임진강에 뿌렸다 그로부터 자유로 임진강 초입
에 귀신이 나타났다는 이야기이다 퇴마사도 말없이 눈물
만 흘린다 이제 그만 가라고, 아니 이제 그만 이리 오라고
그렇게 손짓만 해댄다 가랄 곳도 오랄 곳도 아닌 잠잠한
강변에 그렇게 딸 찾는 귀신만 왔다 갔다 한다 바람에 물
결만 속절없이 흐느낀다

금강산을 놓치다

어머니와 작년에 약속해 놓은 금강산 관광 못 가게 되었네 불과 몇 달 전 남북이 오가며 들뜬 잔치 마당이었는데 어느 여인이 새벽 산책길에 느닷없이 총 맞아 죽었다는 정말 느닷없는 뉴스와 함께 우리는 가지 못했어 그림으로만 본 금강산 용돈 모아 꼭 가고 싶었는데 어머니 손 잡고 꼭 가고 싶었는데 경노할인혜택, 사전예약 보너스, 아 이런 것 아니어도 남남북녀(南男北女)라고 여성안내원 고운 얼굴 정말 누이동생 닮았나? 꼭 보고 싶었는데……어머니 일갈(一喝), "노무현 김정일이 아니어도 그냥 갈 수 있을 줄 알았는데 뭔 나라가 이렇노? 진작 가볼 걸 그랬어 아 휴, 지인작 가볼 걸 아 휴 제엔장"

삼청동 기도원

북악산 아래 바람 스산하네
억울하여 감지 못하는 눈알이 수만 개
봉황이 사는 삼청동 기도원에
슬픈 표정도 어색한
억센 방언 쉰 목소리의 기도원장님

경을 읽었으면 깨달음도 있으련만
기도를 배웠다면 울 줄도 아시련만
생경한 산상수훈
예수의 애곡
오늘도 공허해라

애통하는 자는 복이 있나니
애통하는 자는 복이 있나니

노랑나비

　봉하마을 뉴스를 볼 때마다 아내와 나는 서로 눈물을 감추었다 왜곡과 배반이 참람(僭濫)한 시절 숨 막히는 막장 보도가 나올 때 이미 예고된 비극이었다 그래도 아, 그가 다시 살아만 온다면 깨어진 늑골, 파열된 내장, 터진 심장을 깨끗이 붙이는 신약이 있다면, 이 막장 드라마가 그냥 드라마였다면 그렇게 눈물을 훔칠 무렵 자막이 흐른다 '북 핵미사일 발사!' 순간, 부엉이바위에 앉았던 노랑나비 내 눈 속으로 쑥 들어왔다

　이제 한반도 남쪽
　작은 집집마다
　나비가 살게 되었다

김대중 눈물샘

　경복궁 노대통령 장례식장에서 통곡하던 그를 기억한다 5·18 묘역에서 통곡하던 그를 기억한다 현해탄 납치에서 구출되어 아내를 만나 눈물짓던 그를 기억한다 아, 무엇보다 1997년 겨울 대통령 당선을 한 그가 아이엠에프 한파에 떨고 있는 민초들을 바라보며 눈물짓던 그를 기억한다 우리는 왜 노벨평화상을 받은 그를 기억하기보다, 패기만만한 승자의 손을 기억하기보다, 그저 하염없이 어깨를 들썩이던 그의 눈물이 그리운 걸까

　현충원에는 무궁화가 피었고
　남은 이들의 가슴에는
　눈물샘 하나씩 솟았다

그에게로부터 온 편지 2

내가 예루살렘 도성에 입성해서 찾아간 회당에는 식민지 권력과 맘몬에 빠진 종교지도자들이 그 수족들을 회당 문 앞에 세우고 가난한 민중들이 예배를 드리기 위해 정성스런 예물을 준비해오는 것을 임의대로 부정 타 하고 네 탐욕의 기준으로 거짓 예물을 강매했다 성전 안에는 오염된 예식만이 무거운 짐이 되었을 때, 나는 회당의 환전통을 둘러엎었다 너희들의 시간 2천 년 전에 예루살렘은 '평화도성' 이란 뜻이다 평화는 또 무엇이냐 '먹을 것을 고루 나누다' 가 아니냐

거룩함을 생산성과 비교할 수 있느냐
내 것을 네 맘대로 찢을 수 있느냐
내 피를 그들의 독주와 함께 마실 수 있느냐

그리고도,
정녕 너희들이 그리고도
지옥의 심판을 피하겠느냐

뱀들아!
독사의 새끼들아!

해방의 조건

　　1945년, 그때 태어난 아버지는 미군의 봉급을 타고 동
남아 작은 나라 베트남에 파병되었다 3년 만에 상이군인
이 되어 돌아왔고 철제 훈장 하나와 미제 TV와 전축 그것
으로 장가를 들었다 그로부터 다시 30년 뒤 그의 아들이
미군의 봉급을 타고 중동의 어느 나라 미국의 해방 전쟁
에 파병되고자 군화 끈을 고쳐 매고 있다 이상하다, 아버
지와 그 아들의 총부리가 제 동포를 향하다가 문득, 자유
와 인권과 민주주의라는 이름으로 일면식도 없는 이방인
들에게 총부리를 들이대는 이상한 해방군이 이 땅에 있
다 그들이 내건 해방의 조건은 동포에게 총질이다, 이웃
에게 총질이다 그들이 내건 해방의 조건은 그저 내 목숨
의 오랏줄을 그들에게 맡기는 것이다 아, 이상하다 이상
하다 1945년 이후 60년간 이 이상한 해방이 마침내 율법
이 되어 오늘도 한반도의 젊은이를 번제로 화목제로 해
방의 제물로 보낸다 분단만이 해방의 조건이다 파병만이
해방의 조건이다 경제만이 해방의 조건이다

응답할 수 없는 이 초월적 해방에
오늘도 나는
머리를 떼어놓고, 심장을 떼어놓고
해방의 공간을 떠돈다

민족의 해방군이여,
아, 민족의 훼방꾼이여

시린 에바디*를 위한 변명

법원 사무실 창틀에 앉아
모래먼지에 덮인
검은 차도르를 본다

딸에게 남은 신상(神像)
절대적인 것이
적대적인 것이 되어
평화 없는 복종만이
반쪽의 세상 이룰 때

자궁이 피값을 치르지 않고서는
생명을 잉태할 수 없음을
어느 시대건 여자가 아니고서는
인간의 혁명이 이루어질 수 없음을

그녀의 마그니피카트
테헤란에 흐른다

워싱턴에 흐른다**

* 이란 여성 어린이 인권운동가, 변호사. 2003년 노벨평화상 수상.
** 마리아의 찬가. 누가복음 1장 46절~55절에 나옴.

제국의 깃발 아래 선 이웃이여

우리가 이토록 가슴 아파하는 것은
그대들이 우리 조상을 능욕했기 때문만은 아니다
우리가 이토록 경악에 치를 떠는 것은
그대들이 경제강국이기 때문이 아니다
우리가 이토록 분노하는 것은
그대들이 독도를 달라고 떼를 써서가 아니다

우리가 이토록 아파하고 분노하며
통절한 슬픔에 온몸을 떠는 것은
그대들이
우리와 가장 가까워야 할 이웃이기 때문이다
우리와 가장 사랑해야 할 이웃이기 때문이다

가까운 이웃의 분단을
경제적 도구로 삼은 그대들,
이제 그 더러운 제국의 깃발을 내려라
대동아의 맹주로 망동하다가

마침내 파멸되었던
과거의 악몽을 더 이상
그대들의 영광으로 받들지 마라

우리가 이토록 탄식하는 것은
우리가 약해서가 아니라
그대들이 바로 이웃이기 때문이다
분노로 평화를 깨기보다
끝끝내 사랑으로 이웃되기 위함이다

이웃을 사랑하는 일이 이토록 고통스러운 것을
패권 망령의 깃발 아래 있는 그대들이
어찌 헤아리랴만
그래도 우리는
그대들을 위해 기도한다
그대들을 사랑하고자 한다

미성년시대

중3 아들이 편지를 주었다
아버지, 제 말이
제 맘 같지 않아 죄송해요
이해한다면서 딴 말하고
사랑한다면서 대들고

돌아보면 나도
마음 다르게 말한 적
얼마나 많은가?
이해한다면서 딴 말하고
사랑한다면서 대들고

경제를 살리겠다고
평화의 나라 만들겠다고
그런데 귀 막고, 입 막고
이해한다면서 딴 말 하고
사랑한다면서 대들고

유력일간지 한결같이
이해한다면서 딴 말하고
사랑한다면서 대들고

분신유발시대

선배목사의 이야기다 내가 00교회 재임시절 교회 앞에 살던 김아무개 씨가 분신한 것은, 평소 술에 늘 취해 살던 그의 생활에도 문제가 있었지만, 분신 당일 아침 그는 전혀 술에 취해 있지 않았었다니깐 아니, 분신하기 한 달 전부터 그는 한밤중에 늘 술에 취해서 교회에 와 사택의 유리창을 깨부수고 예배당에 들어가 토악질을 하고 여기저기 용변을 보던 악습을 중단했었어 그 이유는 그에게 여섯살 난 딸이 있었는데, 이 아이가 어느 날 주전자를 들고 아빠의 술심부름을 다녀오다가 어느 청년에게 성추행을 당했다는 거 아냐 지금은 어떻게 변했는지 모르지만, 당시 00교회 주변은 온통 논이었거든 바로 옆이 00교도소였고 교도소 때문이었는지 아니면 당시는 아직 춘천이 개발이 시작도 되지 않아서였는지는 모르지만, 그 넓은 논 한가운데에서 이 아이는 그 청년에게 성추행을 당했던 것이고, 이와 같은 일이 몇 번 반복되었다 분신한 김아무개 씨는 자기 아이에게 이러한 일이 있었다는 것을 나중에야 알았지 뭐 그때 김씨는 술을 다른 때보다 더 많이

마셨었는데, 그날 이후 술을 입에 대지도 그리고 교회에
와서 행패도 부리지를 않았어 어느 날 김씨를 화장실 안
에서 만났던 것인데……이유를 묻는 내게 화장실에서 감
시를 하고 있다는 거야 화장실에는 논쪽으로 향한 창문
이 하나 있었는데, 김씨는 자기 딸에게 주전자를 들려서
술심부름을 보냈고, 김씨는 교회 화장실에서 딸이 오는
쪽을 감시하고 있었던 거지 한참 후에 딸은 아무런 일도
없이 돌아왔어 김씨는 이미 그 동네에 있는 파출소에 이
사실을 신고했는데, 평소에 술주정뱅이로 소문난 김씨의
신고에 경찰이 적절하게 대응하지를 아니했고, 그때부터
김씨는 술을 끊고 자기가 잡겠다고 나선거야. 그리고 그
날 아침 김씨는 빈 통을 들고 나오다가 교회 앞에서 나와
만났던 것이고 시내를 나가던 나는 그 사실을 파출소에
바로 알렸지 그날 나는 처갓집에서 잠을 자고 다음날 들
어왔는데, 파출소에서 연락이 왔고 김씨가 분신했다는 거
야. 아, 나는 그때서야 우리나라 경찰들이 얼마나 바쁘거
나 무책임한지 또 책임회피에 바쁜 사람들인지를 확 깨

달았지 결국 김씨는 무성의 아니 치안에 무감각한 경찰
에 항의하는 뜻으로 온몸에 시너를 끼얹고 00경찰서 앞
에서 분신을 했고 분신 후 10여일 만에 결국 숨을 거두었
어 이거 어떻게 생각하니? 너는?

제4부

원미도인 박기서

　가난한 사람에게로 찾아간 예수의 발자취를 찾는 것이 성지순례라며 1979년 원미산 아래 가난한 마을에 예배당을 세웠다 그리고 세월은 30년을 훌쩍 지났다 찾아온 제자에게 말했다 목사가 벼슬이 아니다 네 믿음이 교회를 키운다고 착각하지 마라 교회는 사랑을 나타내는 곳이지 폼난 세상을 옮겨놓은 곳이 아니다 교인은 목사의 수종 드는 천사가 아니라 목사가 섬겨야 할 천사다 오늘도 그 사랑 때문에 그는 주머니를 다 털고 15평의 연립에서 몸의 먼지를 씻는다 그는 진화를 거부한 단세포 목사다

　우리 주변에는
굳이 자랑하지 않아도
빛나는 인생이 있다

까띠뿌난에서 만난 예수

달력도 없고 신문도 없는
까띠뿌난 마을에
손톱에 때를 묻히며 그는 서 있다

십자가도 초라한 예배당 모퉁이에
뽀얀 살의 내가 부끄러이 고개 숙이니
곱슬머리 맑은 눈의 그가
잘 왔다 인사한다

내가 기다리던 그가
나를 기다리던 그가
온 마을을 사랑으로 불을 밝히고
함께 노래하자 한다

함께 부르는 노랫가락
흔드는 손끝마다
환한 웃음 눈물겹다

물소 달구지를 타고
도시로 떠나는 형제를 위하여
손 흔드는 까띠뿌난의 예수

다시 보자
거룩한 손 오늘도 흔들고 있다

* 까띠뿌난: 필리핀 딸락지방 까빠스 오지마을. 아직 문명의 영향이
  거의 없는 곳에 한국 선교사가 현지에 교회를 개척, 원주민 선교활
  동을 하고 있다.

오래된 의자

삼백 년이 넘은 영국 뉴룸 웨슬리처치에 구순의 집사가
자신의 유년기 의자를 소개해 주었다 그녀는 찬송을 흥
얼거렸다 그러나 끝까지 부르지는 않았다 마지막 소절의
후주가 영영 이별이 될까 아껴둔다고 했다 예배당 맨 앞
모서리 닳고 닳은 그 자리에 모난 시절 다듬질하며 자기
몸에 닿은 무게만큼 함께 견뎌준 세월이 있었다 예배당
이라고 부르고 싶은 노래 목청껏 부르지는 않았구나 욕
심껏 단장하지도 않았구나 그래서 오래된 의자의 노래는
아직도 끝나지 않았구나 더러는 오랜 것 오오랜 것을 봐
야 겸손해지는 법이다

증인

    거라사 지방에서 귀신 쫓아낸 예수가 온전해진 두 사람
에게 "내 곁에 있지 말고 집으로 돌아가 내게 행해진 큰
일을 고하라"고 말씀하셨다 그런데 우리는 간혹 그분이
말씀하는 것 그 말씀 자체를 전하는 일이 증인의 삶이라
고 믿었다 변화된 몸, 변화된 마음 보여주는 일이 증인의
도리임을 망각한다 예수는 베드로의 사랑 고백에 대하여
연거푸 세 번씩이나 "가서 양을 먹이라"고 답했다

    사랑한다면 머물지 말고 떠나라
    사랑한다면 말하지 말고 먹이라

그에게로부터 온 편지 3
―세레나데

"사랑은 오래 참는다"라는 바울의 편지는 기다릴 줄 아
는 사랑을 말한다 "내가 문 밖에 서서 두드리노니 누구든
지 내 음성을 듣고 문을 열면 내가 그에게로 들어가 그로
더불어 먹고 그는 나로 더불어 먹으리라"는 말을 기억하
느냐 사랑은 문을 박차고 들어가 자신의 열정을 쏟아 놓
는 것이 아니다 마음을 빼앗는 것이 아니라 문 밖에서 서
서 그저 내 음성을 들려 줄 뿐 찬찬히 지켜보는 일이다
오래도록 기다리는 일이다 무례히 행치 아니하는 일이다
포기하지 않는 일이다 내가 말하는 사랑은 그렇다

나는 당신의 음성을 기다립니다
제가 기다리다 지쳐 울부짖는 것은
들릴 듯 들리지 않는 당신의 호명 때문입니다
아, 귀 기울이다 귀 기울이다
환청에 귀먹는 시간
그래서 당신을 품고 잠드는 밤입니다

니가 들었다고 하는 나는 누구냐 그를 버려라
그저 네 귀를 내게로만 열어다오
사랑은 소리 없이 스미는 것 아니냐
함께 있어도 낯설지 않음이며
실오라기 하나 걸치지 않아도
부끄럽지 아니함 아니더냐

응답

잠이 오지 않아 경(經)을 펼칩니다
요한의 편지 속에는 햇살이 쏟아지고
나는 새벽녘 언덕에서 놓친
말씀 한 자락 붙들고
당신에게 묻습니다

날선 검보다 눈물 흘리는 일
무엇을 지켜내는 일보다
사랑하는 일 어려운 까닭을

날마다 질문하고
당신은 얼른 대답하지 않지만
요한의 편지 속에 가득한 햇살

따뜻할수록
우리는 왜 눈물이 나는지
조금은 알 듯합니다

기도

씻어내는 일이다
잘라내는 일이다

무엇을 씻어낸다는 것은
지난 시간 게워내는 것이 아니라
그저 백지장의 넉넉함을 만드는 일이다

무엇을 잘라낸다는 것은
자란 것을 버리는 것이 아니라
그것을 다른 사람에게
나누어 주는 일이다

스스로는
할 수 없어서
하늘의 힘 빌리는 거다

성탄

똥바가지가 똥 푼다
먹기만 하면
똥 만드는 나를 위해
하나님이 똥바가지가 되어 오셨다
똥바가지 없이는
누구도 욕구의 찌꺼기
한 점도 덜어낼 수 없는데
누가 누구에게
냄새 난다 더럽다 손짓하는가

똥바가지가 내게로 왔다
똥바가지가 똥 푼다

복의 발견

어느 부잣집 뜰에 난초가 자라고 있었는데 그 난초 사이에 두꺼비 한 마리가 앉아 부자주인이 나와서 난초에게 물 주면서 난초에게 애정의 인사를 하는 것 지켜보았다 두꺼비는 부러운 나머지 난초를 향해서 말했다 "나는 목이 말라도 누가 물 한 모금 주는 이 없고 뱀은 날마다 나를 잡아먹으려고 쫓아다니고 어디를 가나 천대만 받는 천덕꾸러기인데 너는 무슨 팔자가 주인이 그렇게 곱게 길러 주고 사랑해 주느냐? 너는 참 행복하겠다" 난초는 뜹뜨름한 표정으로 "모르는 소리 말아 나는 발이 없으니 목이 타도 주인이 물을 줄 때까지 기다려야 하고 소가 와서 나를 뜯어 먹어도 도망가지도 못하고 꼼짝없이 당해야 하는데 너는 발이 있잖니? 그래서 너는 자유스럽게 목이 마르면 가서 물도 마시고 도망가고 싶을 때는 도망도 갈 수 있지 않니?" 그 말을 들은 두꺼비 비로소 자기는 난초가 갖고 있지 아니한 자유가 있다는 것을 알았다 복이 발견된 것이다

사랑, 그 광합성

당신의 이름을 부르고
당신의 미소를 부릅니다

조각가의 손처럼
당신의 얼굴에
내 마음을 댑니다

이 세상
제 얼굴 닦는 일보다
다른 이 얼굴 씻는 일이
얼마나 어려운지,
얼마나 거룩한지

어색한 나의 프러포즈는
당신의 눈감은 미소로
눈 녹듯 마음을 녹입니다

놓칠 뻔한 사랑에게
손 내민 하루
감사가 꽃잎처럼
기쁨이 햇살처럼
세상을 밝힙니다

천국의 기억

선물로 받은 작은 화분들 아내는 햇살이 잘 드는 베란다 한쪽에 줄을 세우고 소리 없는 꽃들에게 종종 말을 건다 아이구 너는 목이 많이 말랐구나 아이구 너는 망울을 틔웠구나 스스로 다가서지 못하는 꽃들의 벗이 되어 말을 건다 스스로는 다가올 수 없는 꽃들이 향기로 답을 해주었다 베란다의 밖은 아내의 천국이다 피울 만큼의 꽃잎을 피우고 저마다의 뿌리에 힘을 주고 꽃잎에 등을 밝힌다 아내의 손길을 꽃들은 기억할까? 아내가 건넨 사랑의 말들을 꽃들은 헤아릴까? 그래도 아내는 연신 물을 주며 인사를 건낸다

너나 잘해라

　　서울 어느 교회의 표어가 '너나 잘해라' 라고 했다. 재미있고 이색적이다. 그 교회의 담임목사의 의중은 첫째, 제발 교인이나 목사나 하나님 노릇을 하지 말라는 것과 둘째는 먼저 심판이 되지 말란 뜻이다 그래서 셋째, 너나 잘하라는 말이다 하늘을 아는 사람은 자기를 알게 마련인 법

　　오늘의 계시다
　　너나 잘해라

생명과 사랑의 길을 노래하다

이승하(시인 · 중앙대 교수)

공교롭게도 신을 길게 발음하면 시인이 되고 시인을 짧게 발음하면 신이 된다. 신과 인간 사이에 시인이 있다. 신은 우주만물을 창조하고 인간을 창조했지만 그것만으로는 부족하다는 것을 뒤늦게 깨달았다. 흥에 겨워 노래 부르는 자, 사물에 대해 이름을 붙이는 자, 명명된 사물의 이면을 들여다보는 자, 역설적인 사고(思考)를 할 줄 아는 자, 사회 부조리를 은근슬쩍 풍자할 줄 아는 자, 인생의 희로애락을 표현할 줄 아는 자, 인간 생로병사의 비의(悲意)를 말해주는 자, 곧이곧대로 말하지 않고 비유법을 쓸 줄 아는 자……. 그런 자가 필요함을 알고는 시인의 탄생을 허락하였다. 공자는 시의 효용을 너무나 잘 알고 있었기에 제자들에게 민요 수집의 명을 내려 『시경』을 편찬한 뒤 '효용론'을 전개한다. 이상 국가(이데아)에 대한 꿈을 갖고 있던 플라톤은 시인추방론을 주장했지만 제자 아리스토텔레스가 스승의 주장에 반기를 든다. 아리스토텔레스는 『시학』을

써 '모방론'을 정립한다. 이로써 동서양에서 시의 역사가
시작되는 것이다.

오늘날 이 땅에는 시인이 가득하다. 등단하기가 쉬워졌
기 때문이다. 등단이 가능한 문예지의 수만 해도 100종이
넘으니 해마다 얼마나 많은 사람이 시인의 관을 쓰게 되는
지 헤아릴 수조차 없다. 그런데 그 많은 시인 중 독자와 의
사소통이 쉽게 되는 시인의 수는 그리 많지 않다. 시인은 마
치 방언(放言)을 하고 있는 것과 같아서 일반 독자들은 그
시의 뜻을 모른다. 시인 혼자서 독백을 하는 경우가 많기 때
문에 독자들이 점점 시를 외면하게 된 것인지도 모른다. 그
렇기 때문에 이제 우리 시단이 필요로 하는 시인은 독자를
위해 배려할 줄 아는 시인, 혹은 독자와 의사소통을 원활하
게 할 줄 아는 시인이다. 그렇다고 해서 쉬운 시가 능사는
아니다. 쉽게 이해가 되면서도 행간에 숨은 뜻이 깊은 시,
다시 말해 시의 기품을 잃지 않는 한편 주제의 무게가 만만
치 않은 시를 쓰는 시인이 필요한 시대이다.

김윤환 시인은 1989년 등단한 후 20여 년 동안 꾸준히 작
품을 발표해 온 중견시인이자, 불혹의 나이에 신학을 하여
목회자의 길을 가는 감리교 목사이기도 하다. 또한 최근에
는 '현대시의 종교적 상상력' 을 연구하여 문학박사학위를
받기도 했다. 국내에 이 세 가지를 겸비한 이는 그리 흔치는

않을 것이다. 그에게 적합한 호칭이 박사일까, 목사일까 시인일까. 그는 당연히 목사로 불리기를 원하겠지만 해설자는 시집 원고를 읽고 있기도 하지만 그가 목회자가 되기 이전 이미 시인으로 만났다. 따라서 '시인'이라는 호칭을 붙이기로 한다.

신을 대신하여 사물에 이름을 붙이고 그 사물에 사전적인 의미와는 다른 의미를 부여하는 자가 시인이므로. 게다가 6년 만에 내는 제2시집이므로 꼼꼼히 읽어보려고 한다. 시집의 제일 앞머리를 장식하고 있는 시는 제목도 의미심장한 '발자국'이다.

지나온 발자국을 돌아보았다 발바닥의 지문보다 구두의 뒷굽이 더 선명했다 이승의 벌판을 두루 헤매다 불현듯 부딪힌 돌부리에 부딪혀 마침내 신을 벗는다 감싸던 또 하나의 껍질이 벗겨질 때 비로소 피맺힌 맨발을 본다 잃어버린 발가락의 지문을 찾게 되었다 촘촘히 문양을 그린 발 지문에서 내 안의 우주를 본다 광야에 새로 새길 발바닥을 본다 상처 난 돌부리가 생의 반환점이 되었다 우주의 중심이 되었다 상처는 아름답고 발자국은 더욱 선명해졌다

—「발자국」 전문

시의 첫 문장은 '지나온 생애를 돌아보았다'로 바꿔 읽어도 무방할 것이다. 돌아보니 자신의 살아온 길이 결코 순탄

치 않았다. 돌부리에 부딪혀 신을 벗음으로써 피맺힌 맨발을 비로소 보게 된다. 발 지문으로 나타난 내 안의 우주도 비로소 보게 된다. 길 떠나 돌부리에 부딪히지 않았더라면 자기성찰의 시간을 가지지 못했을지도 모른다. 어떻든 상처 난 돌부리가 생의 반환점 역할을 했기에 그 돌부리는 결국 우주의 중심이 된다. 상처가 아름답다니, 기가 막힌 깨달음이다. "상처는 아름답고 발자국은 더욱 선명해졌다"는 결구는 발에 상처가 난 것을 알게 되었지만 또다시 길을 떠났음을 암시한다. 이 시의 주제는 결국 인생행로를 걸어가는 일의 힘겨움과 그 힘겨움을 극복한 뒤에 느끼는 보람이다. 다시 말해 무슨 일이든 부단히 노력해야지만 보람도 느낄 수 있다는 뜻이리라.

이와 비슷한 주제를 지닌 시가 여러 편 있다. "젖은 땅 헤집어야/비로소 세상을 보는 법"이라고 하는 「마늘밭에서」도 그렇고 "진주의 핵은 모래가 아니라/고통을 이겨낸 침묵의 진액"이라고 하는 「보석이 된다는 것」도 그렇다. 상처 없는 영광이 어디에 있으랴. "죽음 앞에서도 가시면류관을 벗지 않았던 예수처럼, 누구에게나 벗지 말아야 할 모자가 있다"(「모자」)는 것을 시인은 독자에게 말해주고 싶어한다. 고통은 우리 모두 살아 있는 동안에는 반드시 감당해야 할 몫이기에.

어느 날 양계장에 가보았더니 밤새 백열등을 켜두고 있는 것이 아닌가. 화자는 주인에게 밤에 왜 불을 켜두는가 물

어본다. 주인은 닭이 잠들면 알을 낳을 수 없고 깨어 있어야
만 알을 낳을 수 있다고 대답한다. 시인은 "깨어 있어야 생
명을 낳는다는 것, 참 가혹하면서도 경이롭다"(「깨어 있다
는 것」)고 생각한다. 불면의 밤을 견뎌야 알을 낳을 수 있는
현실이 너무 가혹하다.

생과 사에 대한 시인의 인식이 잘 구현된 시가 한편 더 있
다.

　아버지가 돌아가시고 아버지를 이야기했다 박정희가 죽
고 박정희를 말하고 김대중이 죽고 김대중을 말한다 사람
은 죽어서야 제 말을 듣는다 사람은 죽어서야 제 점수를 받
는다 예수의 사람 바울도 자아가 살아 있을 때 "오호라, 나
는 곤고한 사람이라" 그렇게 부르짖었다 내가 살아있는 만
큼 나의 대한 모든 말들은 번민이 된다
─「사즉생(死卽生)」 부분

사람은 죽은 뒤에야 제대로 된 평가가 이루어진다는 것
이다. 옳은 말이다. 한 사람에 대한 평가가 사회적 명성, 외
모, 재산, 직업, 경력 등으로 내려질 경우 우리는 그 사람의
본질을 놓치기 십상이다. 역대 대통령들을 보자. 이승만, 박
정희, 김대중, 노무현……. 살아생전에는 안개처럼 아우라
에 둘러싸여 있어 그 사람의 실체를 정확히 알기 어려웠지
만 사후에는 공정한 평가가 내려지지 않던가. 사람은 죽어

서야 제 점수를 받는데 살아있는 나는 그저 나에 대한 소문
에 일희일비한다.

> 내 안에 꿈틀거리는 이단(異端)
> 나를 살린다고 자꾸 딴 말을 시킨다
> 내가 죽어야 내 말을 할 텐데
> 내 속의 나는 죽지 않고
> 그저 살려 달라고 소리만 친다
>
> —「사즉생(死卽生)」 부분

　사람은 정도의 차이가 있지만 어느 누구 할 것 없이 귀가
얇다. 나에 대한 사람들의 말은 모두 번민을 일으키고, 사람
들은 나를 살리려고 자꾸 딴 말을 시킨다. 온당하고 온전한
평가는 결국 나의 사후에 이루어질 텐데 "내 속의 나는 죽
지 않고/그저 살려 달라고 소리만 친다". 사즉생이거늘 남
의 말에 좌우되지 말자고 시인은 거듭 다짐하고 있다.
　여덟 살배기 둘째가 학교 앞에서 사온 500원짜리 병아리
가 사흘 만에 죽는다. 둘째는 자기가 잘 보살피지 못해 죽었
다고 엉엉 우는데 형은 "거 봐 곧 죽는댔잖아 살만큼 살았
네 살만큼"이라고 말한다. 그래서 제목은 '천수(天壽)'가
아니라 '천수(賤壽)'이다. "여섯 살 여자아이가 부모의 학
대와 방치로" 죽었다는 조간신문을 보고 슬픔에 겨워 이 시
를 썼기 때문에 제목을 이렇게 붙인 것이다. 병아리도 라면

박스 안에서 죽었는데 "여섯 살 소녀,/라면박스 안에 동그랗게 누워 있었다". 하늘 아래 이런 일이 일어나고 있음에 시인의 시름은 깊어진다.

생명체에 대한 연민의 정은 「새벽 낙타」에서도 십분 느낄 수 있다. 낙타가 먹고 하는 일이란 사막을 걷는 일인데, 화자가 바로 낙타인 양 새벽이면 출근하러 집을 나서야 한다. 욕구가 충족되지 않을 때, 낙타나 사람이나 마음이 무거워지고 발걸음도 무거워지는 법이다. 등 뒤에 얹힌 가슴(쌍봉)을 쏠어내리려 무릎을 꿇는 낙타는 이 나라 모든 월급쟁이를 상징하는 동물이다.

제2부에서는 바로 이러한 삶의 비애가 종종 형상화된다. 김윤환은 「현기증」에서 "한 오 년 돌려막기로 아이를 키우고 늦깎이 공부도 했다"고 이야기한 뒤 그간의 어려움을 이렇게 고백한다.

돌리고 돌려온 쳇바퀴,
그 현기증을 느낄 때마다

살아 있다고
살고 싶다고
내 몸은 소리쳤다

―「현기증」 부분

시인은 현기증을 느낄 때마다 "살아 있다고/살고 싶다
고" 소리치고 싶어했다니, 그 어려움이 오죽했으랴. 맞벌이
부부였는지 "출근시간을 놓친 아내/다급한 눈에 고이는 서
러움"(「목련이 피는 자리」)을 들려주기도 한다. 시인은 어
느 날 불현듯 돈벌이를 그만두겠다고 아내에게 말한다. 아
마도 공부를 하겠다고 결심한 밤이 아니었을까.

이러지고 저러지도 못하는
불혹의 세월 앞에
잠자는 아내를 흔들어 깨워
여보, 나 이제 돈벌이 그만둘래
아내 왈, 그러세요, 그럼 내가 돈 벌지요
이래서 내 직업명은
이제 아내가 대답해주게 되었다

찰나에 결정된 천직(遷職)의 밤은
섣달 그믐밤처럼
차고도 깊었다

—「천직(遷職)」 부분

직업을 바꾸는 것이 아니라 화자가 직장을 그만두는 것
이므로 사직이 더 적절한 제목이라고 생각된다. 아내의 입

장에서 보면 주부에서 직장인으로 신분 이동을 하게 되었으므로 천직이 맞는 것도 같다.

이 세 편의 시만 보더라도 김윤환 시인 일가의 지난날 스토리가 대충 그려진다. 아이 키우랴, 집 한 칸 마련하랴, 목회 활동하랴, 석·박사 공부하랴, 그간의 고충이 어느 정도였는지 짐작할 수 있는 것이다.

제3부는 시인의 사회의식과 역사의식을 보여주는 시편으로 구성되어 있다. 첫 번째 시는 2003년에 노벨평화상을 탄 이란의 인권운동가 시린 에바디에게 헌정하는 작품이다. 시린 에바디는 이슬람 세계의 엄격한 율법 아래에서 여성과 어린이, 반체제 인사 등을 위한 인권 운동에 헌신한 공로로 노벨평화상을 받았는데 시인은 "자궁이 피값을 치르지 않고서는/생명을 잉태할 수 없음을/어느 시대건 여자가 아니고서는 인간의 혁명이 이루어질 수 없음을" 하고 단호하게 말한다. 이슬람 문화권에서는 여성이 여성의 인권 신장을 위해 헌신한다는 것 자체가 쉽지 않은 일일 것이다. 이 땅의 시인이 시린 에바디를 위해 시를 쓴다는 것 또한 쉽지 않은 일일 터, 시인의 자유에 대한 인식이 새삼스럽게 다가온다.

「제국의 깃발 아래 선 이웃이여」에서는 과거의 침략을 반성하지도 않고 독도 영유권을 주장하는 일본에 대해 준엄하게 꾸짖는 대신 "그래도 우리는/그대들을 위해 기도한다

/그대들을 사랑하고자 한다"며 '사해동포'의 입장을 견지
한다. 이웃을 사랑하고 원수까지 사랑하라는 기독교의 정
신이 잘 구현된 시라고 여겨진다.

「해방의 조건」은 현실풍자시다. 해방둥이인 화자의 아버
지는 베트남에 파병되어 3년 만에 돌아온 분이다. "철제 훈
장 하나와 미제 TV와 전축"을 받았고, 그것을 밑천으로 장
가를 들었다. 그 30년 뒤에 아들이 "미군의 봉급을 타고 중
동의 어느 나라 미국의 해방 전쟁에 파병되고자 군화 끈을
고쳐 매고 있다". 시인은 "오늘도 한반도의 젊은이를 번제
로 화목제로 해방의 제물로 보낸다"고 하면서 파병에 대해
반대 의사를 단호하게 표명한다. "분단만이 해방의 조건이
다 파병만이 해방의 조건이다 경제만이 파병의 조건이다"
라는 외침은 아이러니이자 패러독스이다. '우리가 좀 잘살
자고 베트남에 파병을 한 것만 해도 못할 짓을 한 것인데(베
트남전의 한국군 사망자는 약 5,000명이었다) 아프가니스
탄에 왜 또 파병을 한단 말인가.' ─이렇게 쓰면 시가 아니
다. 은유와 상징화를 통해 비판의 대상을 숨길 수는 있지만
비판할 것은 비판해야 하는 것이 지식인의 책무임을 시인
은 알고 있다. "자유와 인권과 민주주의라는 이름으로 일면
식도 없는 이방인들에게 총부리를 들이대는 이상한 해방
군"은 미군이다. 시의 마지막 연은 목에 칼이 들어와도 할
말은 하겠다는 딸깍발이의 정신이 잘 구현된 절규이다.

용산 참사(정확한 명칭은 '용산4구역 철거 현장 화재 사

고' 이다)를 소재로 한 「신 바벨탑」은 지난 시대 숱하게 나온 그 어떤 현실 참여시보다도 더 예리한 비판의식을 담고 있다. 시인은 내심 피눈물을 흘리며 "2009년 1월 20일 밤 화산재가 되어, 비가 되어, 마침내 천둥이 되어, 남은 자의 가슴에 멍이 된 용산 제4구역"이라고 죽은 이들을 애도하고 나서 "그 가난한 자의 무덤 위에/뉴타운을 세운다/바벨탑을 세운다"는 말로 위정자들을 비판한다. 시인의 시대인식이 여간 첨예하지 않다.

눈물이 많았던 김대중 대통령―경복궁 노대통령 장례식장에서, 현해탄 납치에서 구출되어 돌아와 아내를 만났을 때, 아이엠에프 한파에 떨고 있는 민초들을 만났을 때 눈물을 흘렸는데, 시인도 노무현 대통령을 떠나보내는 텔레비전 보도를 보며 눈물을 훔친다. (「노랑나비」) 애도의 마음에 젖어 있을 때 '북 핵미사일 발사!'라는 자막을 보고 경악하는 것은 당연한 일. 분단의 현실을 그대로 드러내는 탄식과 분노의 빛이 서려 있다. 이번 시집에는 분단에 대한 의식도 전개되는데, 「금강산을 놓치다」, 「자유로 유령」 같은 작품이 시인의 분단의식을 대변하고 있다.

제4부에는 그의 신학적 이해와 깊이를 시로 표현한 것으로 모여 있다. 목자로서 시인은 때로는 반성하고 때로는 분노한다. 예수가 이 땅에 왔다 간 뜻을 아는 사람들에게는 축복을 주고 모르는 사람들에게 안타까운 시선을 보낸다. 필

리핀 딸락 지방 까빠스의 오지 마을 까띠뿌난에서 만난 천진난만한 주민들의 모습에서 시인은 예수의 얼굴을 본다(「까띠뿌난에서 만난 예수」). 시인은 예수 탄생의 의미를 "똥바가지가 내게로 왔다/똥바가지가 똥 푼다"로 해석한다. 먹기만 하면 똥 만드는 나를 위해, 즉 금방 나태해지고 금방 나약해지는 나를 위해 하나님이 똥바가지가 되어 오셨다는 것인데, "똥바가지 없이는/누구도 욕구의 찌꺼기/한 점도 덜어낼 수 없"다는 신앙심이 이 시를 쓰게 하였다. 똥을 푸는 고통의 시간을 견디고 나아가지 않으면 사랑의 환희는 결코 맛볼 수 없다. 베토벤도 귀가 멀었기 때문에 인류에게 벅찬 감동을 선물한 제9번 교향곡 '합창'을 작곡할 수 있지 않았는가. "고통을 넘어 환희로"라는 글을 편지에 쓴 것도 귀가 멀고 나서였다.

시인이 읽는 편지는 자신과 예수와의 만남을 바탕으로 하고 있다. 물론 그 단서가 되는 것은 바울이나 요한의 편지다. 「그에게로부터 온 편지 3」에서는 "사랑은 오래 참는다"는 사도 바울의 말을 되새겨본다. 이 시에서 한 말은 사랑은 소리 없이 스미는 것이며, 함께 있어도 낯설지 않고, "실오라기 하나 걸치지 않아도/부끄럽지 아니함 아니더냐"라는 시인의 말은 사도 바울의 말 이상으로 감동을 준다. 잠이 오지 않는 밤에 요한의 편지를 읽었더니 편지 속에서 햇살이 쏟아진다(「응답」). 이 편지 속 글이야말로 복음이고 천금이다.

(…) 예수는 베드로의 사랑 고백에 대하여 연거푸 세 번
씩이나 "가서 양을 먹이라"고 답했다

　　사랑한다면 머물지 말고 떠나라
　　사랑한다면 말하지 말고 먹이라
―「증인」 부분

이처럼 예수가 베드로에게 명령한 요한복음의 21장을 인
용한 뒤, 기독교적 세계관의 실천 방안을 모색하기도 한다.
김윤환 시인 겸 목사가 생각하는 사랑은 다음의 시에서 나
타난다.

　　이 세상
　　제 얼굴 닦는 것보다
　　다른 이 얼굴 씻는 일이
　　얼마나 어려운지,
　　얼마나 거룩한지

　　어색한 나의 프러포즈는
　　당신의 눈감은 미소로
　　눈 녹듯 마음을 녹입니다

놓칠 뻔한 사랑에게
손 내민 하루
감사가 꽃잎처럼
기쁨이 햇살처럼
세상을 밝힙니다

―「사랑, 그 광합성」 부분

쉽고도 어려운 것이 사랑이다. 광합성이란 무엇인가. 녹색식물의 엽록체가 빛에너지를 이용하여 공기 중에서 빨아들인 이산화탄소와 뿌리에서 흡수한 수분으로부터 탄수화물을 생성하는 작용이 아닌가. 사랑이란 것도 이와 같이 작용하면 무엇인가를 새롭게 형성하고 생성할 수 있다는 것이다. 노래 가사마다 넘쳐나는 것이 사랑이지만 진정한 사랑이란 이타적인 것이고 헌신적인 것이어야 함을 시인은 이 시에서 강조하고 있다.

원미산 아래 가난한 마을에 예배당을 세운 자신의 스승 이야기한 작품 원미도인 박기서에서 그는 스승의 음성에서 목회자의 길을 돌아본다.

목사가 벼슬이 아니다 니 믿음이 교회를 키운다고 착각하지 마라 교회는 사랑을 나타내는 곳이지 폼난 세상을 옮겨놓은 곳이 아니다 교인은 목사의 수종드는 천사가 아니라 목사가 섬겨야 할 천사다

—「원미도인 박기서」 부분

한국의 기독교가 지나치게 물량위주로 가는 바람에 야기된 것이 목사의 권위의식인데 시인은 박기서 목사의 입을 빌려 교인은 목사가 섬겨야 할 천사라고 일갈한다.

목사는 스스로 기도를 열심히 해야 하고 또 신자들에게 수시로 기도하라고 설교하는 자이다. 그렇다면 김윤환 시인은 기도 그 자체에 대해 어떻게 생각하고 있는지 들어보기로 하자.

씻어내는 일이다
잘라내는 일이다

무엇을 씻어낸다는 것은
지난 시간 게워내는 것이 아니라
그저 백지장의 넉넉함을 만드는 일이다

무엇을 잘라낸다는 것은
자란 것을 버리는 것이 아니라
그것을 다른 사람에게
나누어주는 일이다

스스로

99

할 수 없어서

하늘의 힘 빌리는 거다

—「기도」 전문

　신앙인으로서 기도의 능력을 믿는 것은 당연한 일이다. 하지만 기도가 무엇을 채우는 일이 아니라 씻어내고 잘라내는 일이며 다른 사람에게 나누어주는 일이라는 깨달음을 얻기란 쉬운 것이 아니다. 더구나 "스스로는/할 수 없어서/하늘의 힘 빌리는 거"라는 믿음은 목회자이기에 가능한 것이라 생각한다. 이와 같이 김윤환에게 있어서 기도하는 것과 시를 쓰는 것과 연구논문을 쓰는 일은 별개의 것이 아니다. 이 모두가 신성(神性)의 발현을 위해 헌신하는 일과 상통하는 일이다. 시인은 행복과 자유의 관계에 대해서 곰곰이 생각해보기도 하고(「복의 발견」), 생명체와 생명체의 교감에 경이로움을 느끼기도 한다(「천국의 기억」). 이 모든 것, 신의 도움 없이 인간의 능력으로만 이루어질 수 없는 일이라고 생각하고 있다.

　시집의 마지막을 장식하고 있는 시가 의미심장하다. 서울 어느 교회의 표어가 '너나 잘해라' 인데, 말뜻은 쉽지만 실천하기란 너무나 어려운 것이다. 우리는 모두 자기를 높이고 남을 낮추는 일에 익숙한 소인배이니 말이다. "하늘을 아는 사람은 자기를 알게 마련인 법" 이란 말은 김윤환 시인의 시정신이 담겨 있는 말이면서 김윤환 목사의 목회철학

이 담겨 있는 말이 아닐까. 수신제가치국평천하(修身齊家治國平天下)가 말이야 쉽지만 실천하기란 하늘의 별 따기가 아닌가. 어느 교회의 표어 '너나 잘해라' 는 다시 말해 '나라도 잘하자' 일 것이다. 무엇을 잘할 것인가. 일단은 사제로서 그에게 주어진 사명과 그 받은 달란트로 시를 통해 그의 사상과 가치를 구현해가자는 뜻일 것이다.

목회와 시 쓰기는 다 함께 쉽지 않은 고행이요, 그 외의 일들도 많은 부담을 주었을 테지만 김윤환 시인은 6년 세월을 바쳐 또 한 권의 시집을 세상에 내놓았다.

시집 『까띠뿌난에서 만난 예수』을 읽는 독자가 신앙인이건 아니건 간에 「사랑, 그 팡합성」의 미음으로 인도하는 작은 등댓불이 되어줄 것으로 믿고 김윤환 시인의 신앙적 문학적 고행에 신의 가호가 있길 바라며 해설에 가름코자 한다.

사랑하는 후배에게 시를 보여주었다.
며칠 뒤 그는
형, 팔십프로 다른 것 하다가
이십프로의 열정으로 쓴 시를
팔십프로 시에 빠진 내게
왜 보여주느냐고
나의 시작태도에 대해 크게 개탄했다.

그렇다, 나는 어느 것도
온전히 100퍼센트를 살지 못했다.
부끄러움을 가르쳐준 일갈이었다.
아팠지만 그의 사랑은
나의 선잠을 확 깨게 해주었다.

100퍼센트의 삶!
성서는 그것을 온전한 삶이라고 말했다.
나는 오늘 비로소

온전한 시인이 아님을 고백한다.
부족하기 짝이 없는 졸시에
과분한 해설을 붙여주신 이승하 교수께
송구스러움과 감사의 인사를 드린다.
또한 책을 내주신 양문규 형께도 고맙다.

도무지 가늠할 수 없는 도량(道量)과 사랑을 지니신
스승님 박기서 목사님과
나를 위해 18년간 기도의 끈을 놓지 않으신
나의 영적 모태이신 밀알교회 어머니 장로님들,
그리고 20년을 함께 해 준 아내에게
이 작은 사랑의 고백을 바친다.
에벤에셀!

2010년 1월 20일
부천 원미산 잔설 아래
김윤환

까띠뿌난에서
만난 예수

2010년 2월 1일 1판 1쇄 찍음
2010년 2월 5일 1판 1쇄 펴냄

지은이 _ 김윤환
펴낸이 _ 양동문
펴낸곳 _ 詩와에세이

신고번호 _ 제319-2005-000014호
주소 _ (120-865) 서울시 서대문구 북아현동 1-495 세방그랜빌 2층
대표전화 _ (02)324-7653, 313-4023
팩시밀리 _ (02)392-4023
휴대전화 _ (011)355-7565
전자우편 _ sie2005@naver.com
공 급 처 _ 한국출판협동조합
주문전화 _ (070) 7119-1741~2
팩시밀리 _ (031) 944-8234~6

ⓒ김윤환, 2010
ISBN 978-89-92470-45-2 03810